Une maîtresse très bizarre

www.editions.flammarion.com

87, quai Panhard et Levassor – 75647 Paris Cedex 13
Dépôt légal : mars 2009 – ISBN : 978-2-0812-1658-7
Loi n°49-956 du 16 juillet 1949 sur les publications destinées à la jeunesse

Marc Cantin

Éric Gasté

Une maîtresse très bizarre

CASTOR POCHE Flammarion

Chapitre 1

Changement de programme

Le directeur rassemble tous les CM1 au milieu de la cour. Aujourd'hui leur maîtresse est absente. Et c'est la première fois depuis… depuis toujours ! Jamais Mademoiselle Téolait n'a manqué un jour de classe !

– Elle est sûrement malade, dit Sabrina.

– Elle doit être à l'hôpital ? renchérit Carla.

– Elle est peut-être morte ! s'exclame Hugo d'une voix étranglée.

– Oh non ! panique Noémie.

– Quelqu'un l'a assassinée ! s'écrie Malik.

– Mais arrêtez ! se fâche le directeur. Vous racontez n'importe quoi ! Mademoiselle Téolait a seulement une angine.

– Vous êtes sûr ? demande Carla.

– Bien sûr, reprend le directeur. Elle sera là lundi ! Et une remplaçante va arriver d'une minute à l'autre.

– Une remplaçante, murmure Hugo en se frottant les mains. Bonne nouvelle… Je sens qu'on va s'amuser.

– Et si la remplaçante est une espèce de vieille sorcière aux dents pourries ? chuchote Cerise.
– Pourquoi pas un vampire ! se moque Basile.
– Les remplaçantes sont de jeunes maîtresses, ajoute Hugo. Et elles n'osent pas punir.

– Pour une fois, je suis d'accord avec les garçons, acquiesce Carla. On va pouvoir discuter et bien rigoler !

Le directeur frappe dans ses mains et réclame le silence :

– Je dois retourner dans ma classe, explique-t-il. Vous attendez dans la cour, sans chahuter !

– Oui, monsieur ! répondent en chœur les CM1, avec un large sourire.

– Dernière chose, précise le directeur. Votre remplaçante est une jeune maîtresse, alors je compte sur vous pour vous tenir tranquilles !

– Oui, monsieur ! répètent en chœur les CM1, avec un sourire encore plus large.

Et dès que le directeur a le dos tourné, des petits ricanements s'élèvent.

– Préparez les boulettes, les gars, signale Hugo. On va bombarder les filles pendant la classe.

– Le premier qui me tire dessus, prévient Carla, je lui fais manger son cahier !

– Ha ! Ha ! Tu penses peut-être me faire peur ? ricane Hugo.

– Et toi, tu espères m'impressionner, Tête de grenouille ?

Hugo se fige sur place :
– Ne répète jamais ça, sinon…
– Tu préfères Tête de têtard ? insiste Carla. Ha ! Ha !

Le ton monte entre les meilleurs ennemis, quand la remplaçante ouvre le portail de l'école. Elle entre dans la cour et tous les regards se tournent vers elle.

Sa silhouette fine et légère s'extrait avec peine de sa grande robe blanche bouffante. Elle sourit gentiment aux élèves en passant à côté d'eux.

– Hé, hé, se réjouit Basile, tu avais raison, Hugo : cette remplaçante n'est pas plus âgée que ma grande sœur.

Hugo et Basile échangent un clin d'œil. La journée promet d'être bonne !

Les élèves sont ravis : ils pensent que la remplaçante n'osera pas les punir s'ils chahutent.

Chapitre 2

Drôle de remplaçante !

La maîtresse fait entrer les élèves dans la classe. Elle pose son cartable et elle se présente :

– Je m'appelle Mademoiselle Crocus.

Puis elle se retourne pour écrire son nom au tableau. Hugo en profite pour se lancer dans une imitation, assez réaliste, du chimpanzé. Cambré en derrière et le menton en avant, il fouille les cheveux de son voisin, et fait semblant d'y trouver des insectes qu'il s'empresse de dévorer.

Les élèves commencent à pouffer dans le creux de leur main.

Carla, elle, vient de se rappeler qu'elle a une banane dans son sac, pour le goûter. Le moment lui semble particulièrement bien choisi pour la sortir... Elle attrape le fruit qui, l'instant d'après, rebondit sur la tête de son meilleur ennemi !

– *Onk ! Onk !* se moque-t-elle. Mange ta banane, gros singe !

Toutes les filles se tordent de rire pendant qu'Hugo rougit de colère !

Malgré le bruit, Mademoiselle Crocus continue d'écrire son nom en grandes et belles lettres. Elle ne se préoccupe absolument pas de ce qui se passe dans la classe !

– Elle est peut-être sourde, songe Zoé.

Hugo, lui, disparaît sous sa table, bien décidé à se venger !

Pendant ce temps, Basile prépare une provision de boulettes. Mais Cloé, pour contrer ses plans, le pique dans le dos avec son crayon. Malik se lève pour porter secours à son copain… sans remarquer le pied que laisse négligemment traîner Zoé. Il s'étale de tout son long au milieu de l'allée !

– *AÏE !* se plaint Basile en sentant la mine de crayon s'enfoncer entre ses omoplates. *AIEUUU !*

Son cri est aussitôt couvert par celui, nettement plus aigu, de Carla : Hugo vient de lui mordre le mollet ! Elle monte sur sa chaise, pendant qu'Hugo, toujours à quatre pattes sous sa table, continue de pousser des aboiements !

Mademoiselle Crocus se retourne en souriant, comme si le chahut qui règne dans la classe était tout à fait normal.

– Bien, bien, bien, chantonne-t-elle en se frottant les mains pour se débarrasser des restes de craie. Voilà une bonne chose de faite.
– Cette remplaçante ne connaît pas les punitions, songe Basile. Il faut en profiter !

Il enlève la mine de son stylo et tire des boulettes. Cloé est sa première victime. Zoé sa seconde, pour venger Malik. Mais en retour, elle lui envoie sa gomme dans la tête !
– Au secours ! hurlent Cerise et Bérénice, tandis qu'Hugo poursuit sa promenade sous les tables en aboyant comme un chien enragé.

– Tu vas me le payer, prévient Carla.

Elle quitte sa place pour rejoindre celle d'Hugo, et elle s'empare de son cartable.

– Regarde ce que je fais de tes affaires, sale cabot !

Elle renverse et secoue le cartable : les cahiers et les livres tombent en cascade sur la table ! Et pour se débarrasser de Basile, qui vient de lui envoyer deux boulettes pleines de salive dans les cheveux, elle lui enfonce le cartable vide sur la tête.

– *Hmmmmmm !* mugit ce dernier.

– Tu vas le regretter ! menace aussitôt Hugo en rappliquant au pas de course.

– Hé ! Regardez ! intervient Malik.

Il monte sur sa chaise et fait signe à tout le monde de se taire. Il pointe son index vers Mademoiselle Crocus. Elle est assise à son bureau, la tête posée sur ses bras croisés, et elle a les yeux fermés.

Tous les regards convergent vers elle dans un silence absolu. Même Carla et Hugo se figent comme des statues.

On n'entend plus rien, juste un très léger ronflement qui ressemble au bourdonnement d'une abeille.

– Ça alors, chuchote Hugo. Elle s'est endormie !

BELGIQUE
MANCHE
BASSIN
PARIS
PARISIEN
MASSIF
ARMORICAIN
OCÉAN
ATLANTIQUE
MASSIF
CENTRAL
ESPAGNE

Tandis que les enfants font les singes, la remplaçante s'endort sur son bureau.

Chapitre 3

En route

– C'est vrai, elle dort ! constate Carla en s'approchant du bureau.

– Mais… qu'est-ce qu'on va faire ? demande Basile en posant son crayon-sarbacane.

Les élèves réfléchissent à cette question pendant une bonne minute.

– Ben… On n'a qu'à continuer à s'amuser, propose Malik, du bout des lèvres.

– Si la maîtresse dort, soupire Hugo, c'est beaucoup moins drôle de faire les andouilles.

Les filles comme les garçons tombent d'accord sur ce point.

– Dans ce cas, dit Carla, on devrait peut-être la réveiller ?

La proposition est en passe de faire l'unanimité, quand…

– Aaah ! s'écrie Cloé.

La maîtresse s'est levée d'un bond ! Raide comme une planche, elle étend ses bras et commence à marcher dans la classe. Elle semble ensorcelée !…

Les élèves ne sont pas rassurés, mais le pire reste à venir : sous leurs yeux écarquillés, elle se dirige jusqu'à la fenêtre, l'ouvre, monte sur le rebord et saute !

– Elle va se blesser ! panique Cerise.

– T'es bête ou quoi ? lui fait aimablement remarquer Hugo. On est au rez-de-chaussée !

Les CM1 se lèvent aussitôt pour s'entasser devant la fenêtre. La maîtresse, dans sa grande robe blanche, traverse déjà la cour en direction du portail.

– Elle est somnambule, explique Zoé. Comme ma petite sœur. Il ne faut surtout pas la laisser seule !

– Somnambule ? C'est comme funambule* ? demande Basile.

– N'importe quoi, corrige Malik. Somnambule, c'est quand tu fais des bulles avec ta salive en dormant.

Toutes les filles éclatent de rire. Hugo lance un regard sévère à ses deux copains.

– Somnambule, c'est quand tu marches en dormant et que tu ne te souviens de rien au réveil, précise Zoé. Je le sais parce que ma petite sœur…

– … est somnambule, la coupe Hugo. On a compris.

– Zoé a raison, intervient Carla. Nous devons surveiller la maîtresse. Vite, suivons-la !

Et elle enjambe la fenêtre.

– On y va tous ! renchérit Hugo.

Un à un, les CM1 sautent par la fenêtre. Pendant ce temps, Mademoiselle Crocus a ouvert le portail ! Les bras en avant, elle s'engage dans le chemin de terre qui longe l'école et s'enfonce dans la campagne. Elle avance d'un bon pas, et les élèves doivent presque courir pour rester à sa hauteur.

– Jusqu'où va-t-elle nous emmener, à votre avis ? s'inquiète Valentin.

– Aucune idée, avoue Zoé. Mais il ne faut surtout pas la réveiller.

– Tout le monde sait ça, marmonne Hugo. Si tu réveilles un somnambule, il peut mourir !

– N'importe quoi ! le contredit Zoé. C'est juste qu'il peut paniquer et avoir super peur. Je le sais, ma petite sœur…

– … est somnambule ! l'interrompt Hugo. On est au courant !

– Et alors ? Ça te dérange ? s'énerve Zoé.

– Laisse tomber, intervient Carla. Il est trop bête. Et puis, on approche de la rivière, alors il vaudrait mieux s'assurer que Mademoiselle Crocus ne loupe pas le pont !

La maîtresse continue à marcher rapidement. Et comme le craignait Carla, au lieu de se diriger vers le pont, elle descend tout droit vers la rivière !

– Les somnambules sont capables de nager en dormant ? demande Hugo.
– Je ne sais pas, répond Zoé. Demande à ma petite sœur !

Heureusement, Mademoiselle Crocus s'arrête au ras de la berge. Les vingt-quatre élèves poussent un soupir de soulagement et la rejoignent. La remplaçante se penche alors au-dessus de l'eau.
– Oh ! les jolis poissons bleus ! s'exclame-t-elle. Ils sont magnifiques !

Les CM1 scrutent à leur tour la rivière sans comprendre.

– Moi, je ne vois rien, dit Hugo.

– Moi non plus, constate Carla, contrainte de partager l'avis de son meilleur ennemi.

– Oh ! deux autres ! s'émerveille la maîtresse. Et là, encore deux bleus, et deux verts !

Plus les enfants regardent l'eau plus Mademoiselle Crocus aperçoit de poissons !

– Ce ne sont pas des poissons ! devine Hugo. C'est juste le reflet de nos yeux dans l'eau !

– Si vos yeux sont dans la rivière, rétorque la maîtresse, c'est normal que vous ne puissiez pas voir les poissons... À moins d'avoir des poissons à la place des yeux, ou l'inverse !

Hugo se gratte la tête. Il n'est pas certain d'avoir tout compris !

– Ça y est ! s'exclame Carla. Je les aperçois !

– Ouiii ! s'écrie Noémie. Ha ! Ha ! Il y en a plein.

– Ouais, se reprend Hugo. Je les vois aussi.

– Tu es sûr que ce ne sont pas plutôt des yeux de grenouille ? lui demande Carla.

– Non, ronchonne Hugo. Mais je reconnais parfaitement tes yeux de vipère !

Pendant ce temps, la maîtresse fait les comptes :

– Cinquante poissons au total, trente-deux bleus et six marrons. Inutile de se fatiguer à compter les verts !

Elle attrape un bâton et, entourée par ses élèves, elle inscrit les chiffres sur la terre du chemin.

– Elle doit rêver qu'elle nous fait la classe, chuchote Hugo.

– Alors, les enfants ? Comment trouver le nombre de poissons verts ?

– Ben… cinquante poissons, commence Zoé, moins trente-deux bleus…

– Il en reste dix-huit ! continue Basile.

– Moins six marrons, poursuit Hugo.

– Ça fait douze, termine Carla. Il y a douze poissons verts !

– Exact, approuve Mademoiselle Crocus. Et comment écrit-on « poisson » ?

– Facile, affirme Malik.

Il saisit la baguette que lui tend la maîtresse et inscrit sur le sol : « poison ».

– Tes poissons sont de véritables petits poisons ! dit Mademoiselle Crocus.

Elle reprend la baguette, ajoute un S au milieu et un autre à la fin. « 50 poissons » gravé sur le chemin. Puis, elle repart, bras en avant !

La maîtresse est somnambule ! Les enfants la suivent hors de l'école.

Chapitre 4

Nouvelle destination

Mademoiselle Crocus continue d'entraîner ses élèves à travers la campagne.

– *Pfff !* Elle va marcher encore longtemps ? se plaint Robin, qui n'est pas très sportif.

Hélas, il n'est pas au bout de ses peines, car la maîtresse gravit maintenant la colline du Dodane ! Cette grande butte a été « grignotée » par une ancienne carrière*, et elle ressemble désormais à un gâteau auquel il manquerait une part.

La maîtresse arrive la première au sommet, mais, au lieu d'emprunter le chemin pour redescendre, elle continue droit sur les parois abruptes de la carrière !

– Elle va tomber ! panique Carla.

– Il faut l'arrêter ! s'écrie Hugo.

Arrivée tout au bord du petit ravin, Mademoiselle Crocus s'immobilise, l'index levé vers le ciel et demande :

– Que faut-il pour éviter la chute ?

– B... Ben..., un casque, tente Basile.

– Des genouillères ? essaie Zoé.
– *Pfff !* soupire la maîtresse. Pour PARER à la CHUTE, il faut un…
– PARACHUTE ! répondent Carla et Hugo.
– Bravo ! les félicite Mademoiselle Crocus.
– Je l'ai dit en premier ! affirme Hugo.
– Non ! c'est moi ! conteste Carla.

Mais les meilleurs ennemis n'ont pas le loisir de se disputer correctement : la maîtresse se lance dans le vide !
– AAAAH ! hurle Cerise.

Heureusement, la robe blanche de Mademoiselle Crocus se gonfle comme un gros parachute ! La remplaçante flotte un instant dans les airs, puis elle descend doucement, et elle atterrit quelques mètres plus bas, au centre de la carrière !

– Trop fort ! lâche Malik.

– Hé, Zoé ? se moque Hugo. Ta sœur aussi, elle fait ça ?
– Imbécile ! enrage Zoé, pendant que tous les garçons éclatent de rire.

Puis les élèves se dépêchent de descendre de la colline par le petit chemin, afin de rejoindre leur maîtresse. Mais celle-ci ne les attend pas ! Elle repart déjà, de sa démarche de momie.
– C'est pas possible, souffle Robin. Elle ne s'arrêtera donc jamais !
– Oh non ! s'affole Cerise. Elle va vers...
– Le bois du Loupendu ! terminent en chœur ses camarades.

Carla rattrape Mademoiselle Crocus pour tenter de la faire changer de direction :
– Hé ! On n'a pas le droit d'aller par là !
– Si on n'a pas le droit, réplique la remplaçante, prenons le gauche.
– Vous ne comprenez pas ! insiste Clara. On n'a pas le DROIT, quoi !

– Pas le droit d'aller tout droit ? continue la maîtresse. Alors, évitons la ligne droite et empruntons un chemin de traverse !

Et elle commence à marcher en zigzag !

– Cette remplaçante est complètement folle ! juge Hugo.

– Oui, mais elle est marrante, dit Carla en suivant la trajectoire de la maîtresse.

Alors, tous les élèves se placent à la queue leu leu pour l'imiter. Ils forment une immense chenille dont le corps ondule avec élégance.

Mais deux minutes plus tard, l'ombre des premiers arbres enveloppe les enfants, et ils n'ont plus envie de jouer ou de rire. Ils se regroupent autour de la maîtresse qui continue d'avancer sur l'étroit sentier du bois du Loupendu. Et à la première bifurcation, la remplaçante tourne à droite.

– M... Mais elle va vers..., commence Carla.

– L... La grotte ! termine Hugo.

C'est bien dans cette direction que Mademoiselle Crocus conduit ses élèves. Et les visages de ces derniers deviennent de plus en plus pâles !

Tout en dormant, Mademoiselle Crocus se montre de plus en plus bizarre. Carla et Hugo n'en reviennent pas.

Chapitre 5

Terreur dans le noir

La grotte du Loupendu est connue pour être le repaire du pire des vampires ! Et il est presque certain qu'elle abriterait aussi un fantôme… et un loup-garou ! Hélas, malgré les avertissements des élèves, la maîtresse n'en fait qu'à sa tête et se dirige vers l'entrée de cette cavité* béante*. La grotte ressemble à une grosse bouche prête à avaler ceux qui passent à sa portée !

– Il fait tout noir, là-dedans ! frissonne Cloé.

Cela n'empêche pas la maîtresse d'y pénétrer. Hugo hésite... mais il n'est pas du genre à se dégonfler ! Même s'il n'est pas rassuré, il suit la remplaçante. Alors, Carla l'imite ! Et Basile, et Cloé, et Malik... et tous les autres, qui préfèrent encore être avec Mademoiselle Crocus dans la grotte que seuls à l'extérieur.

– J'ai pe-e-e-eur ! gémit Cerise.

– Peur de quoi ? s'étonne la maîtresse.
– Peur du noir !
– Fais comme moi, lui conseille Marine. Ferme les yeux !
– Et alors ? panique Cerise. Il fera toujours noir !
– Si tu ne vois rien, fait remarquer la maîtresse, il n'y a pas de raison que les autres te voient !
– Mais si ! affirme Hugo. Les monstres voient dans le noir, eux !
– Seuls les animaux nyctalopes voient dans la nuit, comme le chat ou le hibou, signale Mademoiselle Crocus. Tu as peur d'un chat ou d'un hibou, Hugo ?
– Ben... non...
– Làààà ! hurle Basile. Y a un truc qui est passé au-dessus de ma tête !
– C'est le vampire ! s'écrie Carla.

Les élèves arrêtent de respirer et se pressent contre la maîtresse. Celle-ci rit joyeusement et énonce :

– Pour voir dans le noir, il suffit d'avoir une tête bien remplie ! Moi, je peux vous jurer qu'il n'y a aucun vampire ici ! Juste une gentille chauve-souris.

Flap ! Flap ! Flap ! Elle tournoie autour des enfants qui aperçoivent sa silhouette.

– Elle va s'accrocher dans nos cheveux ! crie Bérénice en couvrant sa tête avec ses mains.

– Mais non, elle a un super radar, dit Hugo.

– Hugo a raison, approuve la maîtresse. Elle émet des ondes qui lui indiquent l'emplacement de tous les obstacles. C'est comme cela qu'elle peut chasser la nuit. Elle n'a pas besoin de ses yeux. Grâce à son radar, elle peut localiser un papillon en plein vol… Alors, ta tête, elle l'évite sans problème.

Les élèves sont un peu rassurés. Pas de vampire. Une chauve-souris équipée comme un avion de chasse. Finalement, cette grotte n'est peut-être pas si dangereuse…

Houuuuu ! Houuuuu !

– Le loup-garou ! sursaute Hugo.

– Mamaaan ! appelle Malik.

– Malik, pas de panique, le réconforte la maîtresse. Si on connaît ses leçons, on trouve l'explication.

– *Ouah !* Elle fait des vers en dormant, chuchote Hugo.
– Elle est drôlement forte, confirme Carla.
– Ce hurlement est en fait un hululement, révèle Mademoiselle Crocus. Il résonne dans la grotte et nous file un peu les chocottes. Mais je n'ai pas besoin de craquer une allumette pour deviner qu'il s'agit d'une chouette !

HOUUUUU ! HOUUUUU ! Une forme blanche survole alors les enfants et quitte la grotte.
– Une chouette effraie ! reconnaît Zoé.
– On la prend parfois pour un fantôme, ajoute la maîtresse. Et c'est pour cela qu'on la surnomme la dame blanche...

Ouf ! Les élèves sont soulagés. Finalement, il n'y a pas l'ombre d'un danger...

Mais un nouveau bruit s'élève au fond de la grotte. Ça gratte, ça renifle, ça remue, ça piétine ! Cette fois, les CM1 ne paniquent pas. Il y a sûrement une explication.

– Et ça ? demande Carla sans trembler. Qu'est-ce que c'est ?

Ça gratte davantage, ça renifle plus fort, ça remue encore, ça piétine de plus en plus près !

– Heu… ben…, hésite Mademoiselle Crocus. Là, je crois que… c'est vraiment un monstre !

– QUOI ? s'écrient les élèves.
– Et le problème avec les monstres, continue la remplaçante, c'est qu'ils sont nuls en calcul. Alors, ils dévorent sans compter !

La maîtresse démarre comme une fusée, les bras toujours en avant. Elle sort la première de la grotte. Carla, Hugo et leurs camarades sont derrière elle. Ils courent aussi vite que possible et hurlent à pleins poumons :
– Au secours !!!

Les enfants, effrayés par un drôle de bruit, s'enfuient en courant de la grotte du Loupendu.

Chapitre 6

Retour à l'école

– P... Pitié, ânonne Robin. M... Moins vite !

Il est rouge comme une mauvaise note, et souffle autant qu'une locomotive à vapeur. Les élèves n'ont pas arrêté de galoper depuis la grotte du Loupendu ! Hugo et Basile encouragent leur camarade : l'école est en vue.

– Allez, Robin, on y est presque.

Mademoiselle Crocus, elle, ne semble pas fatiguée. Elle traverse la cour, toujours endormie, et entre tranquillement dans la classe.

Les CM1, épuisés, se dépêchent de la suivre et regagnent leur place pour se reposer un peu ; surtout Robin qui s'effondre sur sa chaise !

La maîtresse s'assoit à son bureau et pose sa tête entre ses bras croisés.

Une nouvelle fois, on entend comme le léger bourdonnement d'une abeille. Les élèves demeurent silencieux, et regardent la remplaçante dormir, soupirer de plaisir... puis redresser la tête, se frotter les yeux, bâiller et s'étirer :

– Ooooh, dit la maîtresse, un peu gênée, je crois que je me suis endormie ! Je suis vraiment désolée !

Carla se lève aussitôt :
– Mademoiselle ! Mademoiselle ! Il faut qu'on vous raconte ce qui s'est passé !
– Vous êtes somnambule ! ajoute Zoé. Comme ma petite s…
– Vous êtes sortie par la fenêtre ! la coupe Hugo.
– Et il y avait un monstre dans la grotte ! poursuit Basile.
– Et des yeux de poissons dans la rivière ! rappelle Zoé.
– On a vu la dame blanche ! reprend Carla.

– On n'a pas arrêté de courir, se plaint Robin.
– Silence ! les interrompt la maîtresse. Je ne comprends rien à vos histoires !
– Mais c'est vrai ! insiste Hugo.
– Vous avez même fait du parachute ! jure Cloé.
– Stop ! STOP ! ordonne Mademoiselle Crocus. Tout cela n'a ni queue ni tête !
– Mais écoutez-nous ! supplie Carla.
– Je ne fais que ça, lui répond la maîtresse. Mais vous parlez tous en même temps, et je commence à avoir mal à la tête !

Elle porte la main à son front et réclame le silence afin de ne pas aggraver sa migraine.

– Ce que vous me racontez, murmure-t-elle, me paraît assez extraordinaire. Seulement, les paroles s'oublient facilement, et j'aimerais que chacun de vous écrive tout cela noir sur blanc, ou bleu sur blanc, si vous préférez. Ainsi, je lirai tranquillement vos histoires, et Mademoiselle Téolait pourra même en profiter à son retour.

Cette proposition fait l'unanimité ! Les élèves fouillent aussitôt leur trousse à la recherche d'un stylo noir ou bleu. La langue coincée entre les dents, Hugo commence déjà à rédiger. Carla, le nez au plafond, rassemble ses idées… Il n'y a plus un bruit dans la classe. Cette fois, Mademoiselle Crocus pourrait dormir à son aise. Mais elle préfère observer ses CM1 avec un petit sourire malin…

De retour à l'école, les élèves font, dans le calme, une rédaction de leur folle journée.

Chapitre 7

Une journée sans dispute ?

La cloche vient de sonner. Hugo relève la tête. Il a terminé de relire son récit de la matinée. Il reste peut-être quelques fautes, mais l'essentiel y est. Il rejoint Carla, qui dépose son cahier sur le bureau de Mademoiselle Crocus. La maîtresse félicite tous ses élèves :

– Bravo ! Je vous rendrai vos cahiers demain. Et maintenant, il est l'heure d'aller déjeuner.

Les élèves sortent doucement de la classe, encore étourdis par cette folle matinée.

– Ouste ! Dehors ! les presse Mademoiselle Crocus avant de refermer la porte de la classe.

Une fois dans la cour, Hugo se rapproche de Carla.

– C'est vraiment une drôle de remplaçante, lui confie-t-il.

– C'est vrai, admet Carla. Et je me demande si, finalement, on n'a pas davantage travaillé que d'habitude.

– Mince, ça m'embête de le dire, mais tu as raison !
– Et le pire, c'est qu'on ne s'est pas beaucoup disputés !

Hugo blêmit*. Carla aussi. Ils s'aperçoivent alors que tous les élèves les observent : ils ne sont pas les seuls à avoir remarqué qu'ils n'ont pas honoré leur réputation de meilleurs ennemis ! Vite ! Il faut réagir !

– Ha ! Ha ! s'exclame alors Hugo. Tu oses prétendre que ta rédaction est meilleure que la mienne ?

– Je ne le prétends pas, répond Carla, je l'affirme !

– Arrête de raconter n'importe quoi ! C'est impossible !

– Impossible ? Et pourquoi donc, Monsieur le prétentieux ?

– Parce que tous les grands écrivains sont des garçons. Donc, ma rédaction est meilleure que la tienne !

– Tu es tombé sur la tête ! Il y a des tas d'écrivaines célèbres ! Et puis, tu en connais, toi, des écrivains garçons célèbres ?

– Évidemment ! Des tas !

– Vas-y ! Cites-en !

– Non, non, toi d'abord...

– Pas du tout ! Toi d'abord !

– Non, toi !

– TOI ! J'AI DIT !

– J'ai pas d'ordre à recevoir d'une fille-gna-gna !

– Une fille-gna-gna ! Retire ça, Tête de grenouille !

– Ne m'appelle pas comme ça !

1
2

1 L'auteur

Prénom : **Marc**
Nom : **Cantin**
Né le : **21 avril 1967 à Lamballe (22)**
Profession : **Écrivain pour enfants**
Signes particuliers :

- **Il est marié à une super maîtresse.**
- **Enfant, il était somnambule : il allumait toutes les lumières de l'appartement (ce qui réveillait ses parents) avant d'aller se recoucher. Et le matin, il ne se souvenait plus de rien !**
- **En classe, il regardait souvent par la fenêtre... Il aurait rêvé d'avoir une maîtresse comme Mademoiselle Crocus !**

2 L'illustrateur

Prénom : **Éric**
Nom : **Gasté**
Né le : **2 mai 1969 à Angers (49)**
Profession : **Illustrateur pour enfants**
Signes particuliers :
Quand il était petit, son frère parlait la nuit et se relevait. Une fois, il a même cherché des champignons dans les rideaux de la chambre...

Table des matières

Achevé d'imprimer en février 2009,
chez Clerc (France)